Analyse de l'œuvre

Par Agnès Fleury et René Henri

AF587031

Eldorado

de Laurent Gaudé

lePetitLittéraire.fr

Rendez-vous sur lepetitlitteraire.fr et découvrez :

Plus de 1200 analyses
Claires et synthétiques
Téléchargeables en 30 secondes
À imprimer chez soi

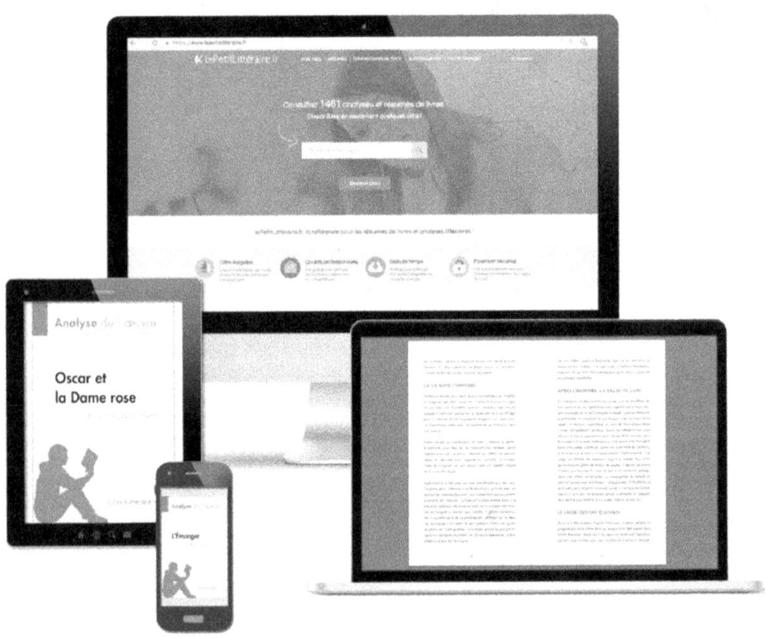

LAURENT GAUDÉ

DRAMATURGE, ROMANCIER ET NOUVELLISTE FRANÇAIS

- **Né en 1972 à Paris**
- **Quelques-unes de ses œuvres :**
    - *La Mort du roi Tsongor* (2002), roman
    - *Le Soleil des Scorta* (2004), roman
    - *Eldorado* (2006), roman

Laurent Gaudé est un écrivain et dramaturge français né à Paris en 1972. Auteur à succès, ses romans lui ont déjà rapporté plusieurs prix littéraires, dont le Goncourt en 2004 pour *Le Soleil des Scorta*. Principalement connu pour ses romans, c'est pourtant à la scène que cet ancien élève de lettres modernes, auteur d'une thèse sur le théâtre contemporain, consacre une bonne part de sa carrière littéraire. Plusieurs de ses pièces, dont *Combats de possédés* (1999) et *Pluie de cendres* (2001), ont été jouées en Europe.

Son œuvre romanesque, puisant aussi bien aux sources de l'actualité (*Eldorado*, 2006 ; *Ouragan*, 2010) qu'à celles de la mythologie antique (*La Mort du roi Tsongor*, 2002 ; *La Porte des enfers*, 2008), tire sa singularité d'un univers très symbolique et d'une inspiration dramatique.

ELDORADO

LA QUÊTE DE DEUX HOMMES

- **Genre :** roman
- **Édition de référence :** *Eldorado*, Arles, Actes Sud, 2006, 237 p.
- **1re édition :** 2005
- **Thématiques :** émigration, clandestinité, quête de soi, liberté, déshumanisation, solidarité

S'appuyant sur des articles de presse traitant de l'émigration clandestine en Méditerranée, Laurent Gaudé écrit *Eldorado* en 2005. Cette même année ont lieu les évènements de Ceuta et Melilla, qui ont fait de nombreux morts : 500 migrants subsahariens tentent de franchir les grillages barbelés de ces deux enclaves espagnoles dans le Nord du Maroc.

Ce contexte en toile de fond, *Eldorado*, publié en 2006, est le récit mêlé de deux hommes pris entre voyage initiatique et quête de soi. Les trajectoires opposées d'un commandant de la marine italienne à la dérive en direction du Sud et d'un candidat à l'émigration clandestine vers le Nord se croisent et se poursuivent inéluctablement vers leurs destinations : la déshumanisation et la mort pour l'un, le chemin vers la liberté et l'humanité pour l'autre.

RÉSUMÉ

SALVATORE PIRACCI

Commandant de la marine militaire italienne, Salvatore Piracci profite de sa permission à terre pour se promener dans les rues de Catane (Sicile). Une femme aux allures de fantôme le suit jusque chez lui. Arrivés devant sa demeure, celle-ci lui rappelle qu'ils se sont déjà rencontrés en 2004, lorsque son équipage avait intercepté au large des côtes italiennes, *Le Vittoria*, un navire libanais à la dérive depuis trois jours, chargé d'émigrants. Beaucoup d'entre eux avaient péri, dont son fils de 11 mois, mort de soif entre ses bras et jeté par-dessus bord. Cette femme crie vengeance et demande une arme au commandant pour tuer l'homme d'affaires syrien qui avait affrété ce navire et l'avait abandonné délibérément en pleine mer (« Damas affrète un navire de crève-la-faim qu'il lance à l'assaut de la forteresse européenne », p. 33). Piracci tente de la dissuader, puis cède face à sa détermination (« Elle était comme un bloc dur de volonté », p. 42). La femme disparait, laissant le commandant vide (« D'un vide confortable qui le dégoûtait », *ibid.*).

Alors que Piracci évoque le destin tragique de la femme du *Vittoria* avec son ami et confident, Angelo, son second vient le chercher. Un cargo en détresse a lancé, dans une mer démontée, des canots de sauvetage dans lesquels se trouvent les clandestins qu'il transportait. Lors d'une accalmie, les marins italiens parviennent à sauver deux embarcations (« Parce qu'on ne laisse pas la mer manger les bateaux », p. 73). Mais, au terme d'un combat avec une mer qui se déchaine de nouveau, Piracci est contraint d'abandonner la suite des recherches.

Alors que le dégout et l'insatisfaction ne le lâchent plus (« La foi en la nécessité de sa tâche l'avait définitivement quitté », p. 105), Piracci refuse de cacher un des clandestins qu'il a recueilli sur son navire à leur arrivée en Italie. Mais il commence à douter (« En choisir un, au hasard, pourquoi pas ? », p. 111). À terre, Piracci reporte sa colère sur le capitaine de l'équipage qui a jeté les clandestins à la mer et le frappe. Seul à Lampedusa, le commandant se rend ensuite au cimetière, sur les tombes des premiers immigrants. Il y rencontre un inconnu qui évoque l'Eldorado, une contrée fabuleuse.

Alors qu'il risque la mise à pied pour son acte de violence, Piracci refuse de se rendre à la convocation envoyée par son officier supérieur et annonce à Angelo qu'il quitte tout. À bord d'une petite barque et débarrassé de ses papiers italiens, Piracci quitte la Sicile pour la Libye, en sens inverse du flux migratoire (« Il partait là-bas, dans ce pays dont ils venaient tous », p. 146).

Là-bas, il est arrêté. Un policier véreux l'emmène voir « la reine d'Al-Zuwarah », une femme obèse qui est à la tête du réseau de passeurs de la Libye vers l'Italie. Elle lui propose un marché : beaucoup d'argent contre sa connaissance des côtes italiennes. Il accepte, mais, pris de nausées, monte au hasard dans un car à destination de Ghardaïa (Algérie).

Sans argent pour payer le voyage, Piracci est débarqué par le conducteur du car en cours de route. Sur un parking, il écoute un homme évoquer Massambalo, le dieu des émigrés qui veille sur ces derniers et leur dépêche ses messagers (« Les ombres de Massambalo », p. 208) partout sur le continent. La légende dit qu'un émigré qui en croisera un autre devra s'adresser à lui et lui faire une offrande (« C'est le signe que le périple se passera bien », p. 209). Piracci, qui ne partage plus aucune foi, tente de s'immoler par le feu, mais il s'évanouit avant d'y parvenir.

SOLEIMAN

Au même moment, quelque part au Soudan, deux frères, Soleiman et Jamal, font leurs adieux silencieux à tout ce qui a fait leur vie jusque-là : leurs habitudes, leurs amis, leur famille (« Nous allons laisser derrière nous la tombe de nos ancêtres », p. 46). Ils s'apprêtent à rejoindre l'Europe clandestinement (« Dans une seconde nous serons comme des animaux craintifs qui sursautent à chaque éclat de voix », p. 54). Soleiman place toute sa confiance en son frère.

Accompagnés d'un guide, ils franchissent la frontière entre le Soudan et la Libye. Là, Jamal annonce à son frère qu'il est trop malade pour continuer le voyage et, après lui avoir confié l'argent restant ainsi qu'un collier de perles vertes, il rebrousse chemin tandis que Soleiman poursuit le sien.

À Al-Zuwarah (ville portuaire de Libye), des passeurs ont chargé ce dernier et d'autres candidats à l'émigration dans une camionnette. Après une heure de route, on les décharge « dans un cul-de-sac » (p. 129) pour les racketter. Soleiman, qui s'y oppose, se fait passer à tabac. Lorsqu'il reprend connaissance, il n'a plus rien, et tous les clandestins sont partis, sauf un homme boiteux, Boubakar, qui lui indique la route à suivre et lui propose de l'accompagner.

Soleiman accepte et, ensemble, ils roulent vers Ghardaïa, en Algérie, dans un camion surpeuplé. Alors qu'il sait que l'argent va manquer, Soleiman profite d'un arrêt à Ouargla pour assommer et voler un marchand algérien. À Ghardaïa, alors que Boubakar cherche un moyen pour passer au Maroc avec l'argent volé, Soleiman n'assume pas son acte et s'éloigne (« Je ne mérite pas la suite du voyage », p. 162). Il rencontre alors Piracci qu'il prend pour un messager de Massambalo. Conscient de la méprise, Piracci décide de jouer le jeu et accepte l'offrande de Soleiman, qui est un collier de perles vertes. Cette rencontre permet à Soleiman de changer d'avis (« Je n'ai plus peur de rien », p. 164). Tandis que Piracci, apaisé par son acte, décide de continuer son chemin, il est renversé par un camion et meurt sur la route.

Boubakar et Soleimain arrivent au Maroc, aux portes de l'Espagne, et se cachent dans une forêt avec des centaines d'autres clandestins. Sous la menace d'une intervention policière marocaine, ils décident de partir à l'assaut (« comme d'une citadelle », p. 189) des barrières barbelées de Ceuta, le poste-frontière. Sous la charge de 500 hommes, les gardes répliquent. Soleiman aide Boubakar, son ami boiteux, à franchir la première grille (« J'ai sauté sur l'Europe », p. 196).

Les clandestins tentent d'échapper aux coups des gardes et à la pression des corps. Boubakar parvient à passer par un trou dans le grillage et aide Soleiman à s'arracher aux barbelés. Ils sont alors en Espagne, fiers d'être restés solidaires (« Et tu as eu le courage de rester mon frère », p. 224).

ÉTUDE DES PERSONNAGES

SALVATORE PIRACCI

Commandant de la marine italienne, Salvatore Piracci, un homme de 40 ans au visage usé, est, depuis plus de vingt ans, le gardien de la citadelle « Europe » (p. 67). Sur sa frégate, *Zeffiro*, il enchaine les allées et venues entre Catane et Lampedusa, porte d'entrée des émigrés clandestins venus d'Afrique. Seul et sans attaches, Salvatore Piracci vit une existence de confort faite d'habitudes, mais il s'enfonce dans la dépression et l'insatisfaction, car il ne supporte plus de n'être que « le visage laid de la malchance » (p. 67). En s'épuisant à lutter contre des migrants toujours plus nombreux et à ramasser ceux qui n'ont pas eu la chance de passer ou de survivre, il constate l'inanité de sa vie (« Il avait renoncé à lui-même », p. 138).

Après plusieurs ondes de choc qui le font se confronter à la misère des clandestins, Piracci quitte tout (sa vie et ses papiers) et part en quête de lui-même. Il effectue un voyage en sens inverse des clandestins, du nord au sud, à la recherche de ce qu'il a vu dans le regard des migrants et qu'il leur envie : l'espoir, la foi, la volonté. Mais, en voulant devenir l'un d'entre eux, Salvatore Piracci échoue dans sa quête.

En italien, Salvatore signifie « le sauveur ». De la femme du *Vittoria*, en passant par les clandestins des barques jetées à la mer, jusqu'à Soleiman à qui il redonne courage et foi, le personnage endosse effectivement un rôle salvateur. Lui, toutefois, ne peut être secouru, car il a perdu la foi ; il meurt finalement « comme un chien » (p. 236). En acceptant de devenir pour Soleiman un messager silencieux de Massambalo, il se condamne lui-même à se déshumaniser pour devenir une ombre et, finalement, à disparaitre : « Les ombres du dieu des émigrés ne peuvent être vues qu'une fois, après quoi, elles s'évanouissent. » (p. 237)

SOLEIMAN

Soleiman est un jeune Soudanais de 25 ans qui a décidé de quitter son pays sans avenir pour aller tenter sa chance en Europe. Contrairement à Salvatore Piracci, Soleiman est désigné par son seul prénom ; il abandonne son patronyme en même temps que la terre de ses ancêtres (« Nous laisserons ce nom ici [...]. Là où nous irons, nous ne serons rien », p. 46) et se prépare à vivre une existence de sans-papiers.

Il partage avec tous les autres émigrés du roman la même caractéristique : un désir d'ailleurs pour lequel ils sont prêts à tout endurer. Ainsi, de même que la femme du *Vittoria* était « un bloc dur de volonté » (p. 42), Soleiman est « une boule dure de volonté » (p. 127).

Tout supporter ne signifie toutefois pas qu'il est prêt à renoncer à ce qui fait de lui un homme : la solidarité humaine. Et c'est en cela que la migration de Soleiman (prénom signifiant « parfaitement intègre » en arabe) se révèle être un voyage initiatique. En effet, comme dans les récits initiatiques, on retrouve :

- un départ pour l'aventure d'un jeune homme volontaire et confiant ;

- des épreuves et des luttes contre les autres (les passeurs malhonnêtes, les gardes marocains) et contre soi-même (le vol du marchand algérien) ;
- des adjuvants (le frère biologique, Jamal, et le « frère d'enfer », Boubakar) ;
- des découragements et une intervention mystérieuse/magique/divine ;
- un talisman (le collier de perles vertes) ;
- un passage au terme duquel le jeune homme sera plus sage et plus humain.

LES PASSEURS

Le terme de « passeurs » est à double sens. Les passeurs sont, dans le langage courant, ceux qui font du passage d'immigrants clandestins une activité lucrative. Dans la mythologie, les passeurs étaient également ceux qui faisaient passer les êtres d'un monde à l'autre, le plus connu étant Charon qui, moyennant une obole, faisait transiter sur sa barque les ombres des morts sur la rive des enfers. À mi-chemin entre ces deux définitions, plusieurs personnages sont des passeurs de frontières symboliques :

- Jamal et Boubakar sont des passeurs pour Soleiman. Jamal, le frère bienaimé de Soleiman, condamné par la maladie, doit le laisser continuer seul son chemin. Il est relayé par Boubakar, sur la route depuis sept ans, qui, au terme de leur voyage, devient le « frère d'enfer » de Soleiman. Ces deux passeurs sont fortement individualisés (on connait leur prénom) et ont des liens affectifs avec le jeune homme. Le premier lui fait passer la première frontière africaine et le second, le poste-frontière espagnol ;

- la femme du *Vittoria*, l'homme du cimetière, la reine de Al-Zuwarah et l'homme sur le parking sont des passeurs pour Salvatore Piracci. À l'image de ce que deviendra le commandant, ces personnages sont en partie déshumanisés : ils ne portent pas de nom et n'entretiennent aucune relation avec Piracci. La femme du *Vittoria*, assimilée à un « fantôme » (p. 11), et l'homme du cimetière sont particulièrement liés au domaine de la mort. Chacun de ces passeurs marque une nouvelle étape dans le lent déclin de Piracci.

Les disparités entre les passeurs marquent bien les différents destins qui attendent les deux personnages principaux.

CLÉS DE LECTURE

LE MYTHE DE L'ELDORADO

Le titre du roman de Laurent Gaudé tire son origine du mythe de l'Eldorado, une fable venue d'Amérique du Sud évoquant l'existence d'une contrée fabuleuse regorgeant d'or. Cette légende peut se comprendre de plusieurs manières dans l'œuvre.

L'Eldorado est, en premier lieu, celui que symbolise l'Europe pour les émigrés du continent africain : il représente l'or et la prospérité (« Tout sera doux là-bas. Et la vie passera comme une caresse », p. 120) ou, plutôt, dans le contexte actuel de l'émigration, le travail et des conditions de vie décentes. C'est un mythe qui a la vie dure. Salvatore Piracci, qui est amené à jouer les oiseaux de mauvais augure, se trouve confronté à des hommes et des femmes qui refusent de le croire quand il tente de les dissuader de poursuivre un voyage dangereux. Ils lui en veulent même de chercher à briser leur rêve.

Un tournant a lieu dans le roman lorsque Salvatore Piracci, rencontrant un inconnu dans le cimetière de Lampedusa, comprend qu'il y a un Eldorado pour chacun. Métaphoriquement, celui-ci devient alors la perspective d'un ailleurs et d'un avenir meilleur (la quête du bonheur), mais aussi ce qui donne l'envie de poursuivre sa vie et la volonté de lutter pour l'obtenir (« Parce que la volonté rend beau et que devant la beauté, l'homme heureusement, a encore le réflexe, parfois, de se mettre à genoux », p. 61).

C'est alors que Piracci, commandant usé par les années durant lesquelles il a arrêté des milliers d'émigrés clandestins et ramassé les corps morts de ceux qui ont échoué, décide de partir à la recherche de son propre Eldorado, celui qui fait naitre la fièvre dans les yeux de ceux qui le désirent.

Mais, tout comme l'a montré Voltaire (philosophe français, 1694-1778) dans *Candide*, l'Eldorado est un mythe et est surtout prétexte à un voyage initiatique. Cependant, s'il y a bien deux voyages, un seul d'entre eux est initiatique, celui de Soleiman, car, selon le mot de l'auteur, les deux personnages principaux sont construits « en miroir » : leurs trajectoires se croisent, mais leurs quêtes ne connaissent pas le même destin.

Candide ou l'Optimisme de Voltaire

Écrit en 1759, *Candide ou l'Optimisme* raconte les périples de Candide, un jeune homme chassé du château du baron Thunder-ten-tronckh après avoir été surpris avec la fille du maitre des lieux. Alors que son mentor, Pangloss, lui a enseigné que tout est pour le mieux dans le meilleur des mondes, il découvre la violence d'un monde qu'il peine à comprendre.

Son périple le mènera dans plusieurs continents où il verra l'horreur de la guerre et de l'escalavagisme, mais également à Eldorado, une contrée mythique préservée où la vie s'organise autour de valeurs chères au philosophe : l'argent n'a que peu d'importance, la tolérance règne, la nourriture y est abondante ... un monde qui pourrait se révéler parfait, mais qui ne convainc pas Candide car il s'y trouve sans l'élue de son cœur.

FRONTIÈRES ET MIGRATIONS

S'agissant du récit de deux migrations croisées, le champ lexical des frontières et des barrières est très présent dans *Eldorado*. Toutefois, aux constructions humaines (« citadelle », « forteresse », « muraille », « barbelés ») qui s'effritent et s'assaillent, s'oppose la volonté humaine, qui est toute-puissante, au point que, finalement, les frontières physiques ne sont rien (« La facilité est vertigineuse », p. 90). Les seuls obstacles qui ne se franchissent pas sont ceux des vivants : Jamal et sa maladie ou bien la mer, décrite comme un « corps vivant » (p. 72) au moment d'engloutir les barques des émigrés clandestins.

Cependant, si, grâce à la volonté, les frontières se traversent, l'émigration nécessite des sacrifices (la mort d'un enfant pour la femme du *Vittoria*) et des renoncements (son nom, sa famille et sa jeunesse pour Soleiman : « Si je réussis à passer, qui sera l'homme de l'autre côté ? », p. 193). Fable humaniste, *Eldorado* rappelle qu'il n'est qu'un renoncement qui ne peut être accepté, celui de la solidarité humaine.

Comme une mise en abyme, le roman se termine sur Piracci passant la dernière frontière (celle qui sépare le monde des vivants de celui des ombres et des morts), après avoir renoncé à lui-même (« Il a fallu que je quitte tout ce que j'étais », p. 212).

UN SUJET D'ACTUALITÉ

De son propre aveu, Laurent Gaudé a eu l'idée d'écrire un roman évoquant les migrations en lisant des articles publiés dans les années 1999-2000. C'est en les parcourant qu'il a découvert les enjeux géopolitiques qui se cachaient derrière cette thématique.

Si les flux migratoires existent depuis de très nombreuses années, ils se sont amplifiés ces dernières années suite, notamment, à la mondialisation et aux conflits armés qui se produisent dans nombre de pays. Le phénomène aurait doublé en l'espace de dix ans et ne semble pas prêt de se résorber au vu des évènements qui secouent le globe actuellement.

Si l'auteur s'est basé sur des faits remontant à plusieurs années, le sujet d'*Eldorado* reste donc pourtant d'une incroyable actualité. Peu avant sa publication, le monde avait d'ailleurs découvert l'horreur vécue par des milliers de migrants subsahariens qui tentaient désespérément de franchir les barbelés de Ceuta et de Melilla.

Sans être un roman engagé, Laurent Gaudé rend hommage à travers son livre à ces hommes, femmes et enfants qui risquent chaque jour leur vie pour tenter de trouver un endroit où vivre en sécurité.

UN UNIVERS SYMBOLIQUE ET UNE INSPIRATION DRAMATIQUE

Si *Eldorado* est le premier roman de Laurent Gaudé à s'inscrire de façon aussi nette dans l'actualité et à aborder un fait de société, il partage néanmoins avec les autres œuvres de l'auteur deux points communs qui dénotent sa fascination pour la civilisation antique.

Un univers symbolique et légendaire

Les héros sont confrontés à des personnages décalés et/ou mystérieux (le boiteux, l'homme du cimetière, la femme du *Vittoria*, Massambalo) qui s'apparentent à des fantômes, des oracles, des pythies ou des messagers des dieux, et qui sont autant de prétextes pour tirer le roman vers la mythologie grecque et la légende africaine. Les éléments eux-mêmes sont personnifiés, et la mer devient un organisme menaçant qui « mange les bateaux » et que l'on peut apaiser en chantant.

Une inspiration dramatique

Auteur dramatique, Laurent Gaudé donne à son roman certaines caractéristiques propres au théâtre, notamment au genre tragique, à travers :

- la violence des émotions et des sentiments ;
- l'omniprésence des signes et des symboles ;
- la présence des grands thèmes tragiques que sont notamment la mort, la vengeance, la violence, la honte, la transmission, le voyage initiatique ;
- et, finalement, l'essence tragique puisque l'on voit l'homme se débattre contre des puissances qui le dépassent (le déroulement de l'histoire, le hasard et le destin font basculer des vies).

UNE FORME NARRATIVE AU SERVICE DU RÉCIT

La forme narrative d'*Eldorado* présente deux particularités qui viennent se mettre au service de la conduite du récit et de la perception des personnages par le lecteur.

Des narrations distinctes : 1 personnage = 1 narration = 1 focalisation

Eldorado est un texte mêlé dans lequel deux voix se font entendre à tour de rôle, chapitre après chapitre. Toutefois, pour chacune d'entre elles, l'auteur adopte une focalisation distincte : il prête une focalisation zéro (narrateur omniscient et narration à la troisième personne du singulier) à Salvatore Piracci, et une focalisation interne (narrateur-personnage et narration à la première personne du singulier) à Soleiman. Ce procédé vient renforcer l'analyse des personnages avec une distanciation et une déshumanisation pour Piracci (il n'a pas la main sur son propre récit) et une force de la volonté, une humanité pour Soleiman (le « je »).

Des narrations en décalage temporel

Si l'on peut considérer que les péripéties de Piracci et de Soleiman débutent au même moment, un décalage temporel intervient progressivement dans la narration pour que l'entrevue à Ghardaïa entre les deux hommes (point commun aux deux récits et symbolique passage de témoin) ait lieu plus tôt dans le récit du Soudanais que dans celui de l'ancien commandant. Ce procédé narratif permet également d'appuyer le propos de l'auteur : alors que cette rencontre n'est qu'un passage sur le chemin qu'il reste encore à parcourir au jeune homme (il se défait de ce qui le rattachait encore au continent et reçoit un signal du « dieu »), il marque la fin de la route pour Piracci (ayant rempli son rôle « d'ombre », il peut disparaitre).

PISTES DE RÉFLEXION

QUELQUES QUESTIONS POUR APPROFONDIR SA RÉFLEXION...

- Pourquoi Soleiman, alors qu'il a déjà beaucoup souffert et est devenu une bête de survie, prend-il le risque de ne pas passer la première barrière de la frontière espagnole en aidant Boubakar ?
- Relevez les marques et les symboles de mort attachés à Salvatore Piracci et expliquez en quoi elles annoncent son déclin et son destin.
- Quelle est l'histoire du collier de perles vertes ? Que représente-t-il ?
- Laurent Gaudé a dit à propos de son roman : « On a tous un Eldorado en soi. C'est la part précieuse du désir. » Commentez.
- À votre avis, Laurent Gaudé porte-t-il, à travers son roman *Eldorado*, un jugement sur un fait de société contemporain majeur comme l'émigration ? Justifiez.
- Laurent Gaudé porte une grande attention aux lieux et aux ambiances qu'ils dégagent. Comment sont décrits Catane, Lampedusa, Al-Zuwarah, Ghardaïa et Ceuta ? Que représentent-ils dans les flux migratoires Nord/Sud ?
- Relevez les personnages et les passages évoquant des œuvres classiques telles que *L'Iliade* ou *L'Odyssée*. Quel ton donnent-ils au roman ?
- Imaginez l'adaptation et la mise en scène au théâtre d'*Eldorado*. À votre avis, comment seraient traités les rôles et la prise de parole des deux personnages principaux,

Salvatore Piracci et Soleiman ?

- Dans *Candide ou l'Optimisme*, Voltaire décrit un voyage en Eldorado. Comparez ce voyage avec ceux de Salvatore Piracci et de Soleiman.

Votre avis nous intéresse !
Laissez un commentaire sur le site de votre librairie en ligne et partagez vos coups de cœur sur les réseaux sociaux !

POUR ALLER PLUS LOIN

ÉDITION DE RÉFÉRENCE

- Gaudé L., *Eldorado*, Arles, Actes Sud, 2006.

SUR LEPETITLITTÉRAIRE.FR

- Fiche de lecture sur *La Mort du roi Tsongor* de Laurent Gaudé
- Fiche de lecture sur *Le Soleil des Scorta* de Laurent Gaudé

L'éditeur veille à la fiabilité des informations publiées, lesquelles ne pourraient toutefois engager sa responsabilité.

© LePetitLittéraire.fr, 2016. Tous droits réservés.

www.lepetitlitteraire.fr

ISBN version numérique : 978-2-8062-1763-9
ISBN version papier : 978-2-8062-1278-8
Dépôt légal : D/2013/12603/322

Avec la collaboration de René Henri pour le chapitre « Un sujet d'actualité », ainsi que pour l'encadré intitulé « *Candide ou l'Optimisme* de Voltaire ».

Conception numérique : Primento,
le partenaire numérique des éditeurs.

Ce titre a été réalisé avec le soutien de la Fédération Wallonie-Bruxelles, Service général des Lettres et du Livre.

Retrouvez notre offre complète sur lePetitLittéraire.fr

- des fiches de lectures
- des commentaires littéraires
- des questionnaires de lecture
- des résumés

Anouilh
- Antigone

Austen
- Orgueil et Préjugés

Balzac
- Eugénie Grandet
- Le Père Goriot
- Illusions perdues

Barjavel
- La Nuit des temps

Beaumarchais
- Le Mariage de Figaro

Beckett
- En attendant Godot

Breton
- Nadja

Camus
- La Peste
- Les Justes
- L'Étranger

Carrère
- Limonov

Céline
- Voyage au bout de la nuit

Cervantès
- Don Quichotte de la Manche

Chateaubriand
- Mémoires d'outre-tombe

Choderlos de Laclos
- Les Liaisons dangereuses

Chrétien de Troyes
- Yvain ou le Chevalier au lion

Christie
- Dix Petits Nègres

Claudel
- La Petite Fille de Monsieur Linh
- Le Rapport de Brodeck

Coelho
- L'Alchimiste

Conan Doyle
- Le Chien des Baskerville

Dai Sijie
- Balzac et la Petite Tailleuse chinoise

De Gaulle
- Mémoires de guerre III. Le Salut. 1944-1946

De Vigan
- No et moi

Dicker
- La Vérité sur l'affaire Harry Quebert

Diderot
- Supplément au Voyage de Bougainville

Dumas
- Les Trois Mousquetaires

Énard
- Parlez-leur de batailles, de rois et d'éléphants

Ferrari
- Le Sermon sur la chute de Rome

Flaubert
- Madame Bovary

Frank
- Journal d'Anne Frank

Fred Vargas
- Pars vite et reviens tard

Gary
- La Vie devant soi

Gaudé
- La Mort du roi Tsongor
- Le Soleil des Scorta

Gautier
- La Morte amoureuse
- Le Capitaine Fracasse

Gavalda
- 35 kilos d'espoir

Gide
- Les Faux-Monnayeurs

Giono
- Le Grand Troupeau
- Le Hussard sur le toit

Giraudoux
- La guerre de Troie n'aura pas lieu

Golding
- Sa Majesté des Mouches

Grimbert
- Un secret

Hemingway
- Le Vieil Homme et la Mer

Hessel
- Indignez-vous !

Homère
- L'Odyssée

Hugo
- Le Dernier Jour d'un condamné
- Les Misérables
- Notre-Dame de Paris

Huxley
- Le Meilleur des mondes

Ionesco
- Rhinocéros
- La Cantatrice chauve

Jary
- Ubu roi

Jenni
- L'Art français de la guerre

Joffo
- Un sac de billes

Kafka
- La Métamorphose

Kerouac
- Sur la route

Kessel
- Le Lion

Larsson
- Millenium I. Les hommes qui n'aimaient pas les femmes

Le Clézio
- Mondo

Levi
- Si c'est un homme

Levy
- Et si c'était vrai…

Maalouf
- Léon l'Africain

Malraux
- La Condition humaine

Marivaux
- La Double Inconstance
- Le Jeu de l'amour et du hasard

Martinez
- Du domaine des murmures

Maupassant
- Boule de suif
- Le Horla
- Une vie

Mauriac
- Le Nœud de vipères

Mauriac
- Le Sagouin

Mérimée
- Tamango
- Colomba

Merle
- La mort est mon métier

Molière
- Le Misanthrope
- L'Avare
- Le Bourgeois gentilhomme

Montaigne
- Essais

Morpurgo
- Le Roi Arthur

Musset
- Lorenzaccio

Musso
- Que serais-je sans toi ?

Nothomb
- Stupeur et Tremblements

Orwell
- La Ferme des animaux
- 1984

Pagnol
- La Gloire de mon père

Pancol
- Les Yeux jaunes des crocodiles

Pascal
- Pensées

Pennac
- Au bonheur des ogres

Poe
- La Chute de la maison Usher

Proust
- Du côté de chez Swann

Queneau
- Zazie dans le métro

Quignard
- Tous les matins du monde

Rabelais
- Gargantua

Racine
- Andromaque
- Britannicus
- Phèdre

Rousseau
- Confessions

Rostand
- Cyrano de Bergerac

Rowling
- Harry Potter à l'école des sorciers

Saint-Exupéry
- Le Petit Prince
- Vol de nuit

Sartre
- Huis clos
- La Nausée
- Les Mouches

Schlink
- Le Liseur

Schmitt
- La Part de l'autre
- Oscar et la Dame rose

Sepulveda
- Le Vieux qui lisait des romans d'amour

Shakespeare
- Roméo et Juliette

Simenon
- Le Chien jaune

Steeman
- L'Assassin habite au 21

Steinbeck
- Des souris et des hommes

Stendhal
- Le Rouge et le Noir

Stevenson
- L'Île au trésor

Süskind
- Le Parfum

Tolstoï
- Anna Karénine

Tournier
- Vendredi ou la Vie sauvage

Toussaint
- Fuir

Uhlman
- L'Ami retrouvé

Verne
- Le Tour du monde en 80 jours
- Vingt mille lieues sous les mers
- Voyage au centre de la terre

Vian
- L'Écume des jours

Voltaire
- Candide

Wells
- La Guerre des mondes

Yourcenar
- Mémoires d'Hadrien

Zola
- Au bonheur des dames
- L'Assommoir
- Germinal

Zweig
- Le Joueur d'échecs

www.ingramcontent.com/pod-product-compliance
Lightning Source LLC
La Vergne TN
LVHW052114160826
845678LV00015B/3555

* 9 7 8 2 8 0 6 2 1 2 7 8 8 *